Historia de la mujer convertida en mono

—

Junichirō Tanizaki

Colección Hilados - 9
Primera edición, febrero 2025

Historia de la mujer convertida en mono,
Junichirō Tanizaki

© de la presente edición
Satori Ediciones
C/ Domingo Juliana, 16, 33213, Gijón, España
www.satoriediciones.com

Traducción: Ryukichi Terao y Ednodio Quintero
Cubierta y maquetación: Marco Recuero
Impresión: Gráficas Eujoa

ISBN: 978-84-19035-95-0
Depósito legal: AS 02100-2024

—Vamos, chicas, vengan todas. A ver, Umechiyo, Teruji, Hinaryu, hoy les voy a contar una historia un poco extraña... —Al hablar, el anciano desplegó su sonrisa agradable de siempre mientras se sentaba sobre las piernas cruzadas en el pequeño salón de té, atusándose la barba blanca y larga al estilo del conde Itagaki.

—¡Ay, qué buena idea! Me alegra que se te ocurra contarnos algo, viejo —exclamó Hinaryu, la gordita y más joven de las tres, con esa sonrisa que hacía resaltar en sus blancas mejillas sus bonitos y encantadores hoyuelos.

—Pensábamos ir al cine, pues hoy ninguna tiene trabajo, pero, en este caso, mejor nos quedamos —dijo Umechiyo, la flaca, que para muchos hombres ofrecía la apariencia típica de una geisha[1] debido a su refinamiento y vivacidad.

1 Mujer que atiende a los clientes en festines y los divierte con artes de entretenimiento, como tocar el *shamisen,* cantar, bailar, etcétera.

—Claro, prefiero mil veces los cuentos del viejo que ir al cine. A mí me cansan las películas con esas imágenes fosforescentes —apuntó Teruji, la geisha más solicitada del barrio, con una mueca nerviosa que se asomó por su entrecejo tan perfectamente dibujado como si fuera el de un retrato.

Era lógico que aquellas tres bellezas se alegraran ante el anuncio del viejo, pues su fama de cuentacuentos era tanta que, con tan solo oír mencionar la «Casa Primaveral», cualquier residente del barrio la asociaba casi enseguida con un tal Tomekichi dotado de un arte extraordinario para relatar historias. Muchos afirmaban que un *rakugoka* u orador profesional de teatro difícilmente podía superar al viejo, quien, de paso, no cobraba nada por sus cuentos.

—Acérquense, chicas, vamos, muévanse.

—Con el rostro encendido, levemente ruborizado por los residuos del efecto del sake, observó una por una a las chicas reunidas a su alrededor antes de comenzar la narración. Bajo esa luz clara, las geishas ofrecían una apariencia extraña y desconocida para los ojos acostumbrados a verlas en la sala de espera o en los otros salones, y el encanto sensual producido por este cambio de apariencia parecía rejuvenecer al viejo, sentado en medio de las tres, con una oleada de sangre joven, así como las clavellinas recién florecidas impregnan con su fragancia los verdes campos anunciando la llegada del verano. Sin darse cuenta de estos cambios, el anciano permaneció indiferente, mirándolas con una sonrisa de satisfacción como si estuviera delante de sus propias nietas.

—A ver, viejo, ¿en qué sentido es extraño el cuento de hoy? —preguntó Hinaryu con una sombra de preocupación que se reflejó en su rostro inocente—. No nos digas que es de fantasmas. A mí me gustan tus cuentos, pero me dan pavor los fantasmas.

—A mí no me importa. Me dan miedo, sí, pero me gustan siempre que sean cuentos interesantes —dijo Umechiyo simulando un leve temblor en sus hombros delgados mientras adelantaba un poco las rodillas para escuchar mejor.

—Ja, ja, ja, no les voy a hablar de fantasmas. No se preocupen.

—Por favor, no, de verdad, porque, después de escuchar un cuento escalofriante en esta noche de lluvia tan tenebrosa, no sería capaz siquiera de ir sola al baño —dijo Teruji con el tono rebuscado que siempre utilizaba para engañar a los hombres.

—Relájense, que no tiene nada que ver con fantasmas. Esto sucedió, a ver, hace unos treinta años. —El viejo comenzó así su relato después de dirigir una atenta mirada al cuarto de al lado, como si intentara distinguir algún objeto borroso en la distancia.

»Yo todavía era joven, con apenas treinta y tantos años. Acababa de montar una casa de geishas con mi esposa Otsuru en el barrio de Ashi, y recuerdo que la avenida Ningyo-cho no era tan amplia como ahora y que todavía no habían instalado la vía del ferrocarril. Fíjense en que esa zona ha cambiado mucho. Ahora la nueva avenida remodelada se extiende hasta más allá del templo Suitengu y llega al puente Doshu-bashi, pero en esa época no era más que un barrio estrecho y caótico. Para empezar, todavía no habían construido el Doshu-bashi. Había otro puente que se llamaba Eiku-bashi, por el cual se llegaba a la quinta de la familia Doshu al otro lado del río, y la avenida Ningyo-cho que comenzaba ahí se extendía hasta la esquina del muelle Hetsutsui-gashi, justo donde quedaba un estudio de fotos Shimada. O quizá no, esperen, a lo mejor eso se construyó después; ah, sí, había un reloj grande por ahí en el barrio de Hasegawa, como el que está ahora en la Hattori de Owari, y creo que lo quitaron hace poco. Sobre esa otra avenida, que viene del puente Oyaji-bashi, las tiendas más antiguas son la Senzoku y la Horai; me parece que la carnicería de Imakiyo también lleva muchos años ahí. No estaba tampoco el Teatro Meiji: antes en ese sitio había otro llamado Hisamatsu, si mal no recuerdo, que se quemó cuando todavía no habían comenzado a construir el Meiji. Bueno, esos detalles no importan mucho, de todas maneras, nuestra casa quedaba detrás de la pollería Kikumizu, en la Residencia Genya, esa misma que aparece en la obra de teatro de Yosaburo, y que se llamaba Casa Wakasa. Además de Otsuru y yo, cinco o seis mujeres atendían la casa. Una de ellas, llamada Choji, de quien seguramente han oído hablar, era muy conocida por haber sido amante del conde XX, después de haber estado saliendo con el señor YY, actor del Shintomi en esa época. Me acuerdo de que, un poco antes de que Choji se mudara a Roka, trabajaba aquí otra chica bastante solicitada llamada Osome, que era muy amiga suya. Osome tendría dieciocho o diecinueve años, uno o dos menos que Choji, y era superior a esta en apariencia, aunque no era tan alegre de carácter. Creo que todavía queda una foto suya por ahí: recuerdo que, cuando en el piso doce del almacén de Asakusa exhibieron los retratos de las cien geishas más bellas, entre las cuales figuró Osome, guardé su foto en algún cajón. A ver si la buscamos un día. Con su estatura baja y su piel blanca, casi transparente, parecía un poco tímida e inocente, mejor dicho, virginal, y era realmente bella. Si la comparáramos con algunas de las actrices contemporáneas, diría que se parecía un poco a Shocho y otro poco a Tokizo. Tengo entendido que era hija de un sastre que vivió por ahí en la isla Reigan, pertenecía a una familia de cierto renombre, pero parece que su padre murió joven dejando a la familia arruinada y, para colmo, su madre, que en realidad era su madrastra, no la trataba bien. Bueno, en fin, que Osome quedó bajo mi tutela a los quince o dieciséis años. Me cayó muy bien por su carácter tranquilo, y la llevaba habitualmente a las ferias del templo Suitengu o a las de Kobo. Me pareció encantadora desde el comienzo, pues había aprendido bien varias artes y sabía leer y escribir. Mataba el tiempo leyendo o haciendo caligrafía a escondidas de sus compañeras, sin poder conformarse, me parecía, con la idea de haber sido vendida como geisha. Haber crecido con la madrastra, imagino, le debió de haber dejado algunos rastros de tristeza. En algunas ocasiones la encontré llorando a solas con la vista fija en una foto de su difunto padre que guardaba en algún lugar. En esos momentos me compadecía de ella, pero esa inclinación depresiva le chocaba a Otsuru, mi mujer. A medida que se acostumbraba a los clientes de la casa, se mostraba cada vez más complacida con el trabajo, y a veces los sorprendía con algún halago, pero me parece que nunca se le quitó por completo ese halo de tristeza. Sí, ciertamente, había hombres que la esquivaban por su lamentable falta de alegría, sin embargo, su belleza física, combinada con su sencillez y naturalidad, enloquecieron a muchos de nuestros clientes. Personajes tan estimables como el señor Noda, comerciante del barrio de Kakigara, y el señor Naito, vendedor de telas de Horidome, siempre la preferían y la consentían, lo que me proporcionaba una inmensa satisfacción. Como responsable de la casa, debía desear la mejor compañía y mucho éxito a todas las chicas, pero Osome me preocupaba en particular porque me parecía que estaba destinada a ser infeliz.

»Bueno, ahora viene la primavera en que Osome cumplió diecinueve años. Me acuerdo de que los cerezos estaban en flor, así que sería un día de comienzos de abril.

Había feria en el templo Suitengu, y se presentaba un teatro de monos, uno de esos espectáculos que estaban de moda por aquella época y que todavía se ven hoy día. Al mediodía, el grupo de teatro de monos entró de repente, con tremendo bullicio, en el *hall* de nuestra casa donde las chicas almorzaban tranquilamente.

El director empezó a tocar un tambor y a cantar una extraña canción para que el mono bailara ahí mismo al ritmo de la música. Se imaginan el susto que se llevaron las chicas, que salieron en estampida, chillando alborotadas en dirección al cuarto contiguo sin preocuparse de los palillos y los platos que iban dejando esparcidos por el suelo. Como yo estaba leyendo el periódico en el salón de té, no sabría contar en detalle qué fue lo que pasó en ese instante: dijeron que el mono persiguió a Osome, que corría con desesperación hacia el otro cuarto, hasta que logró agarrarla por la falda y no quería soltarla por nada. Al escuchar el grito estridente de Osome en demanda de auxilio, acudí inmediatamente y mi sorpresa fue mayúscula ante aquella escena un tanto grotesca: el mono tiraba con todas sus fuerzas de los faldones del kimono de Osome al tiempo que mostraba los dientes con rabia. Osome apenas podía sostenerse; con una mano se agarraba a uno de los batientes que separaban los cuartos para no caerse de espaldas y seguía pidiendo auxilio. Mientras tanto, el mono insistía en sujetarla por el nudo del *obi*[2], atado al estilo tambor, para subírsele a la espalda,

2   Fajín para ceñir el kimono.

pero la cuerda del collar extendida hasta el máximo no lo dejaba saltar con toda libertad. Las compañeras de Osome permanecían perplejas sin poder auxiliarla de ninguna manera por temor a salir heridas ellas mismas, hasta que llegué yo al fin a rescatarla. Ni monedas ni dulces distrajeron la atención del mono. El director, que resultó ser un tipo pícaro y malicioso, tiraba de la cuerda balbuceando alguna que otra palabra para fingir su intención de frenar al mono y al parecer disfrutaba del espectáculo. Solo al enfrentarse a mis severos reproches, el individuo apartó con presteza al condenado mono y se alejó cargándolo a la espalda, sin ocultar una sonrisa despectiva.

»Al principio, no le dimos importancia a este suceso, que no dejaba de ser algo común y corriente tratándose de un mono. Osome tampoco parecía preocupada y muy pronto aquel susto momentáneo fue olvidado. Lamentaba, sí, el daño causado a su kimono. Pero esa misma noche sucedió una cosa rara cuando, me acuerdo de que serían como las doce, Osome, después de haber trabajado en la casa de Shungetsu, situada en Hamacho, entró al baño. Salió con la cara pálida y se dejó caer en el pasillo temblando de pies a cabeza sin poder decir palabra. "Pero ¿qué te ha pasado, Osome? ¿Hay alguien en el baño?", le preguntó Choji, pero Osome no fue capaz de hacer otra cosa que cabecear sin sentido. "Pero ¿qué? ¿Acaso has visto un ladrón?". Ante esta pregunta, alcanzó a negar con un movimiento de cabeza poniéndose todavía más pálida. Sus compañeras, horrorizadas ante aquel espectáculo, comenzaron a interrogarla una tras otra: que si no había sido un ladrón, que si sería un gato, una salamandra, o un ciempiés, un ratón, una comadreja. Pero Osome no hacía más que negar a cada propuesta con la boca abierta como si se hubiera vuelto idiota, al tiempo que se abstraía por completo, con la mirada fija hacia lo alto. Lo único que alcanzaba a hacer de vez en cuando era suspirar de alivio. "Cuando he entrado al baño a orinar, he visto una mano peluda saliendo del orinal... No una mano humana, sino una de mono...", así comenzó a balbucear después de una media hora, ya casi recuperada del trauma. Al enterarme del suceso por medio de las chicas, fui a escudriñar al baño y revisé también el corral del jardín, pero no encontré por ningún lado las huellas de un mono. Para empezar, aparte de un gato o de un ladrón, era imposible que un animal entrara en la casa a esas horas de la noche, de modo que llegué a la conclusión de que Osome había visto mal, y traté de decírselo con una carcajada: "Osome, niña, has armado un escándalo por culpa de tus nervios". Bueno, las chicas se tranquilizaron al fin, pero esa noche dejamos bien atrancadas todas las ventanas y les recomendé que no fueran solas al baño. Sin embargo, Osome siguió insistiendo en que había visto un mono y que no había visto mal, y no quiso por ningún motivo darme la razón. Creo que no durmió un segundo, sentada toda la noche sobre el colchón.

»Durante los siguientes dos o tres días, Osome no fue capaz de probar bocado, continuamente temblaba de horror, pero el tiempo fue pasando sin novedad. Obviamente, no hubo ninguna aparición extraña en el baño. Las chicas se reían del nerviosismo de Osome, diciéndole: "Deja de tomarnos el pelo, que ya nos asustaste demasiado". Ante la calma que se respiraba a su alrededor, Osome poco a poco se fue serenando, casi convencida de que aquella noche había visto mal, y retomó su rutina. Una noche, creo que como unos diez días después, yo estaba acostado al lado de Otsuru en el cuarto del fondo, sin poder dormir a causa de un desagradable bochorno, y, cuando comenzaba a leer una novela, se escuchó desde el segundo piso, donde dormían las chicas, un leve gemido como de alguien que se quejara en una pesadilla. Eran pasadas las dos de la madrugada y en medio de la tranquilidad absoluta de la noche el gemido ganaba volumen como si saliera de un molino de piedra. Se dejaba escuchar de distintas maneras: con toques tristes y apagados de vibraciones nasales o con profundas exhalaciones a todo pulmón o debilitado por accesos de dolor. Aquel gemido que no cesaba me pareció tan extraño que decidí levantarme y subí la escalera, pensando que alguien podía haber tenido un cólico de repente. El segundo piso estaba dividido en dos habitaciones, una mucho más grande que la otra, y ahí se repartían las cinco o seis chicas para dormir. A mitad de la escalera ya estaba casi seguro de que Osome era la causante del gemido. Pensé que de seguro estaría soñando con algún mono y que sería mejor despertarla cuanto antes y, así, abrí de golpe la puerta del cuarto...

»Vean, chicas, como ya les he dicho, eran las dos de la madrugada de una noche bochornosa y sin ningún ruido... Y, como en aquella época no había luz eléctrica en las casas de geishas, imagínense la oscuridad del cuarto, apenas iluminado por una lámpara con una llamita muy leve. Las figuras de las chicas se veían borrosas, desdibujadas por la escasa luz. Al fondo estaban Choji y, a su lado, Osome, acostada boca arriba mostrando su rostro blanco como el papel. Por lo general, Osome dormía tranquila, sin agitarse en el lecho, aun en medio del sopor del verano, y esa noche de primavera un tanto húmeda también estaba durmiendo profundamente, con la cabeza apoyada sobre la almohada y el cuerpo bien cubierto hasta la barbilla por una manta. No se percataba de mi presencia, pero seguía emitiendo el mismo gemido. Hasta ahí no había nada extraño, pero imagínense mi sorpresa al ver un mono sentado encima de la manta, como si fuera una estatua, que sujetaba a Osome por el pecho. Sentí que mi piel toda se erizaba y me quedé mudo, como atragantado. No me habría sorprendido tanto la presencia de un ladrón o de un fantasma, pero, al tratarse de un animal, el mismo mono que se había colgado con tanta insistencia del kimono de Osome (sabía que era el mismo por el collar que llevaba al cuello), se podrán imaginar el susto y el horror que experimenté. Durante un buen rato, el mono se quedó contemplándome con toda la calma, sin intentar atacarme ni tampoco con intenciones de huir. Mientras tanto, yo seguía sin poder articular palabra. Sentado muy cómodo encima de Osome, el mono parpadeaba mostrando el blanco de los ojos. Y, bajo el peso de esa bestia, Osome permanecía en su sueño, con los ojos firmemente cerrados, en un estado de indefensión que me hizo pensar que tal vez ya el mono la había asesinado. Recuerdo muy bien el rostro de Osome en aquel momento, pues distaba mucho de su estado normal, con los ojos apretados por una fuerza incontrolable que les impedía abrirse, como si se tratara del rostro de una persona sometida al influjo de un consumado hipnotizador. Al escrutarla con atención, me di cuenta de que la frente le sudaba, sus mejillas ardían de fiebre y sus senos oscilaban levemente con una fuerza misteriosa bajo la presión del mono. El cuerpo del animal subía y bajaba al ritmo de la respiración de Osome, que, imagínenselo, tenía que hacer esfuerzos inauditos por no dejarse asfixiar. Sí, sus senos parecían un par de frágiles globos a punto de estallar, atrapados entre el fuerte impulso por respirar y el peso de la bestia. Seguro que Osome no estaba ni muerta ni dormida. Pensé que luchaba en vano, con callada desesperación, por moverse y abrir los ojos. A través de los labios apretados con firmeza, se notaba un sutil vaivén de la lengua, y casi pude oír la débil frase que parecía susurrar: "Auxilio, por favor, se lo suplico", acompañando a aquel triste gemido.

»Si es que Osome estaba dormida sin tener conciencia de la presencia de aquel intruso, tal vez atrapada en una pesadilla que nada tenía que ver con su situación actual, le aguardaba un susto tremendo al despertar. Tratándose de una chica tan miedosa y nerviosa como ella, seguro que se iba a desmayar de la impresión, si es que no enloquecía de una vez por todas. Deduje entonces que no debería armar ningún escándalo. Me pareció que lo mejor sería espantar al mono sin hacer ruido, aprovechando que las otras chicas dormían ajenas a lo que estaba sucediendo. Abrí una ventana corredera para indicarle al mono con gestos enfáticos que se fuera de ahí. No sé qué le pasó, pues sin ofrecer ninguna resistencia se alejó brincando hacia el techo y desapareció en la oscuridad. Aseguré la ventana y observé detenidamente a las chicas para cerciorarme de que ninguna se había dado cuenta de aquella visita tan extraña y que todas seguían durmiendo con tranquilidad. Qué suerte, pensé, y esa noche no volví a escuchar los gemidos de Osome.

»Al día siguiente, no le conté a nadie el suceso de la noche anterior, desde luego ni siquiera a Otsuru. Aunque en secreto seguía preocupado por Osome, creyendo que tal vez hubiera estado consciente de alguna manera, aunque no era probable que hubiera sido así. Bueno, sí se le notaba un cierto cambio de actitud desde el día del susto en el baño: se veía un poco desanimada, como apagada, su palidez no la abandonaba y cada día enflaquecía un poco más. "¿Qué te pasa, Osome? ¿Te sientes mal?", le preguntaba, y siempre me contestaba con la misma negativa, pero yo la veía empeorar cada vez más. Era como si le hubiera vuelto ese triste complejo de desamparo que la atormentaba cuando acababa de llegar a la casa, cuando no paraba de llorar sola a escondidas o al contemplar la foto de su padre. Yo estaba pendiente todas las noches de lo que pudiera suceder en el cuarto de las chicas, pero creía que el mono ya no volvería más. Algunos clientes distinguidos, como el señor Noda y el señor Naito, empezaron a preocuparse por Osome, a quien no se le quitaba la depresión, y casi todos los días trataban de distraerla con una nueva diversión. Un día la llevaban al teatro, otro día al balneario o al parque de las flores, pero nada daba resultado. Alrededor del 20 de abril, el consejo comercial del barrio Warabi organizó una excursión al río Arakawa para contemplar los cerezos en flor. Alquilaron varias lanchas para remontar el río desde el puente Hisamatsu hasta Otenma, y se hicieron acompañar por algunas geishas locales y de otras zonas, incluyendo a las chicas de nuestra casa. Osome no quería ir con la excusa de una jaqueca, pero casi la obligué a que nos acompañara. Me acuerdo de que ese día, desde temprano, hacía un tiempo ideal para apreciar los cerezos. El cielo permaneció limpio y despejado. Después de pasar por el puente Shin-oh-hashi, entramos al río Ohkawa, y, al cruzar por debajo del puente de Ryogoku y el Oumaya, se

comenzaron a escuchar las dulces notas de un *shamisen*[3],
seguidas por canciones, y nos dio por bailar, y el licor
que bebimos en abundancia acabó por embriagar a la
mayoría. Como estaba preocupado por Osome desde
el principio, me senté en la popa procurando no dejarla
sola ni un minuto. En medio de la alegre algarabía
de sus compañeras, a Osome se la notaba totalmente
desanimada; acurrucada en el borde de la embarcación
contemplaba melancólica la superficie del agua. El viento
del río Sumida le alborotaba el cabello, peinado al estilo
Shimada, y le acariciaba levemente al pasar su rostro
deprimido. Cuanto más adelgazaba, Osome parecía
más hermosa, y algunas veces su belleza me fascinaba
por completo, a pesar de lo acostumbrado que estaba a
contemplar sus encantos. Quizá Osome por aquella época
había alcanzado el punto culminante de su belleza...
Bueno, ya habíamos pasado bajo el puente Azuma, y
estábamos cruzando el vado de Takeya... Sí, me acuerdo
muy bien. De repente, un mono, quién sabe dónde
estaría escondido, apareció dando saltos desde el fondo
de la lancha y avanzó rápidamente por el borde hasta
colgarse del cuello de Osome. Imagínense el escándalo
que se armó y el grito desesperado de Osome. Las otras
chicas huyeron espantadas hacia la popa. Al percatarme
de aquel ataque artero, acudí de un salto al lado de
Osome; maldiciendo y sin salir de mi asombro intenté

---

3   Instrumento de cuerda similar a un laúd que se toca con un plectro.

con todas mis fuerzas arrancar al maldito mono que se aferraba al cuello de Osome como si fuera un niño que no quisiera despegarse de los hombros de su madre. Ante la insistencia de la bestezuela, no pude hacer gran cosa, pero al final dos barqueros vinieron en mi ayuda y logramos arrojar el mono al agua. Mientras tanto, en medio del forcejeo, Osome se había desmayado. El mono cruzó el vado en dirección a la orilla y luego desapareció entre la tupida vegetación de la ribera.

»¿Cómo se habría metido ese animal en la lancha? Ni los barqueros ni las compañeras de Osome lograban encontrar una explicación satisfactoria a semejante misterio. Los barqueros habían sacado muy temprano la lancha de la orilla del río Edo, allá por el lugar donde vivían, y obviamente era muy difícil, por no decir imposible, que un mono se hubiera colado antes en la lancha y más difícil todavía que se hubiera quedado ahí todo el tiempo sin que nadie se diera cuenta. Por más que lo pensáramos, nadie daba con la solución. Por suerte, a nadie se le ocurrió que el mono se hubiera fijado particularmente en Osome, lo que me dio cierta tranquilidad, pues también tenía que preocuparme por su reputación como una de las geishas más solicitadas del barrio, y un rumor de aquella especie no haría más que perjudicarla.

»Osome pronto recuperó la conciencia, pero no se pudo levantar el resto del día. Me quedé a su lado para acompañarla y consolarla hasta que todos descendieron de la lancha en el embarcadero del río Arakawa. Ahora que ese maldito mono le había dado alcance en este paseo, nos enfrentamos al hecho de que la podía sorprender en cualquier momento. Esta idea dejó helada a Osome, que seguía mirando los rincones de la lancha sin poder salir de su asombro. "No te preocupes, Osome, siempre estaré a tu lado. Ya no te va a pasar nada más", le dije, pero Osome apenas asintió con un leve movimiento de cabeza y alcanzó a balbucear, sin dejar de contemplarme con una mirada desconfiada: "Perdone que le haya causado tantas molestias. Qué vida tan desgraciada la mía. Imagínese, primero maltratada por una horrible madrastra que me hizo la vida imposible en mi niñez, y ahora, cuando ya he madurado como geisha, agasajada por varios señores muy distinguidos, me veo acosada por esa odiosa bestia. Ya no tengo ánimos de seguir con vida. ¿Para qué?". Al hablar de esta manera lloraba sin parar, no podía controlar los espasmos que le sacudían el cuerpo y se abrazaba a mis piernas buscando protección. "Pero ¿qué te pasa, querida? ¿Un mono que persigue a una mujer? Qué absurdo. ¿No te parece? Imagínate si se difunde el rumor de que un mono se ha enamorado locamente de ti. Sería fatal para nuestro negocio. Sé muy bien que tú eres un poco nerviosa, que casi todo te impresiona, pero deberías dejar de preocuparte por cosas sin importancia. Sí, admito que es extraño que ese mono se encontrara en la lancha, pero quién puede asegurar que el condenado mono te buscaba a ti. Olvida todo de una vez y despreocúpate", le hablé así con la intención de tranquilizarla, pero Osome insistió: "Le agradezco mucho que me trate con tanto cariño, pero estoy segura de que el mono me buscaba a mí y a nadie más. Los demás seguramente veían a ese mono por primera vez, pero yo he sufrido a diario el acoso del maldito animal. Tal vez usted se acuerda de la noche cuando yo me quejaba desesperada y angustiada en mi lecho, sometida por aquel animal que casi no me dejaba respirar".

»Al escuchar aquella revelación, me quedé mudo observando el rostro de Osome e intentando disimular el espanto que me consumía por dentro. Entonces, Osome continuó de esta manera:

Mire, solo a usted le podría contar esta horrible historia. Por favor, no se le ocurra contársela a nadie... No quisiera hablar de un asunto tan grotesco, pero, ahora que ya no se puede hacer nada para remediarlo, le voy a contar todo con sinceridad y sin guardarme nada para mí. Le repito que solamente puedo confiar en usted, y tal vez, de alguna manera, usted me pueda salvar. Tenga compasión de esta pobre muchacha y ayúdeme a sobrevivir... Si me abandona, estoy segura de que cada día mis energías irán mermando hasta que al fin entre en la agonía definitiva. ¿Se acuerda de aquel día en la feria del templo Suitengu cuando después de que presenciamos el teatro de monos les dije que había visto un mono en el baño? Recuerdo que usted hizo una rápida inspección por los alrededores y, al comprobar que no había nada raro, se burló de mi nerviosismo. En realidad, yo tampoco podía creer lo que había visto con mis propios ojos. Pensé que usted tenía toda la razón, que no podía haber un mono ahí, que había sido una alucinación mía y deseé de corazón que hubiera sido así. Dos o tres días después hubo una fiesta en la Casa Sumiyoshi del barrio de Hama, y al llegar entré tranquilamente al baño. Como por esos días me daba pavor entrar al baño de nuestra casa, procuraba hacer mis necesidades cuando iba de visita a otras casas. Usted sabe que en Sumiyoshi hay un baño recién remodelado en el segundo piso, al lado del salón grande, justo al pie de la escalera. Ahí entré, y otra vez la misma mano velluda del mono salió del orinal para agarrarme fríamente un tobillo. Casi me desmayé, pero dominando la impresión logré huir. Me ausenté del trabajo con la excusa de que de pronto me había sentido muy mal y tomé un taxi para volver a casa. Al ver que el mono me perseguía hasta el baño de una casa ajena sin ser visto por nadie, me di cuenta de que ese animal sería capaz de adelantárseme adonde fuera. Así como usted me lo acaba de decir, yo también pensé que sería fatal si se difundiera un rumor tan extraño, de modo que lo guardé como un secreto, pero no se imagina cuántas veces he visto a ese mono hasta hoy. Una noche, cuando regresaba en taxi de la Casa Saifu de Yanagibashi, me volví para mirar hacia atrás y vi de repente la figura oscura del mono aparecer en uno de esos callejones de Okawabata y seguir al taxi a todo correr con sus ojos fijos en mí. Otra noche, en el camino de regreso de la Casa Haru-no-ie de Nakazu, justo al cruzar el puente Onna-bashi acompañada por Don Shin, me di cuenta de la presencia del mono que había salido corriendo desde el fondo de la oscuridad y se adelantaba subiendo por el travesaño para alcanzar la otra orilla del río. Lo extraño fue que en esas ocasiones nadie más que yo se dio cuenta de que se trataba de un mono, los demás se mostraron indiferentes como si no fuera más que un objeto ordinario. Bueno, como siempre aparecía a medianoche en la casi completa oscuridad y en las calles desiertas, puede ser natural que los otros no le prestaran atención. El mono se ha vuelto tan insolente últimamente que no hay noche en que no haga notar su presencia, de la manera que sea, delante de mí. Una vez me tomó por sorpresa y se quedó un largo rato mirándome, sentado en el techo de la casa vecina, mientras yo estaba en mi habitación totalmente confiada. En otra ocasión se asomó de repente desde el suelo, me dio un gran susto, desapareció enseguida y ya no volvió. Ahora ya estoy tristemente resignada a lo grotesco del asunto y me estoy convenciendo de que no hay nada que hacer para evitarlo. Una noche tuve una pesadilla terrible. El mono me había atrapado y me sostenía por el pecho al tiempo que me decía con total seriedad: "Por favor, mi niña, le ruego que me complazca quedándose a mi lado toda la vida. Se lo suplico... Aunque no soy más que una humilde bestia, la voy a tratar muy bien, se lo aseguro. Si está de acuerdo, nos podemos ir a las montañas para vivir el resto de nuestras vidas con tranquilidad y sin ninguna preocupación mundana. Por favor, hágame caso, compadézcase de esta pobre bestia que no es capaz de controlar sus deseos...". Mientras hablaba no dejaba de sollozar. Luego continuó con su argumentación y me amenazó: "Si no accede a mi propuesta, le guardaré rencor toda la vida y le estorbaré en sus asuntos amorosos. Caerá una maldición sobre los hombres que la cortejen. Y la perseguiré sin cesar, día y noche, a sol y sombra", sin embargo, no se mostró violento, continuó hablando cabizbajo sin que se alterara el tono de su voz. Todo esto me parecía medio sueño, medio realidad. Sabía perfectamente que estaba dormida en el segundo piso de la casa, al lado de Choji y las demás chicas, hasta podía imaginármelas durmiendo a mi alrededor. Al mismo tiempo sentía que el mono, que me presionaba los senos, no formaba parte del sueño. Solo sus palabras, junto con algunos detalles en su actitud, me parecía que bordeaban el sueño. Pero la asombrosa nitidez con que se había desarrollado la escena no me acababa de convencer de que se tratara de un simple sueño aun después de que me hubiera despertado por completo. No fui capaz de marcar el límite entre lo real y lo soñado. Traté con desesperación de librarme del mono esforzándome por mover manos y piernas, pero el cuerpo no me obedecía. "¡Auxilio, auxilio!", quería gritar, pero tampoco los labios me hacían caso, y me acuerdo de que lo único que pude emitir fue apenas un gemido extraño. Las chicas estaban tan profundamente dormidas que ninguna se enteró de nada, ni siquiera Choji, que casi siempre se levanta asustada por el ruido más leve que hagan las ratas. Después de acosarme de esa manera durante casi media hora, el mono al fin se retiró quién sabe a dónde, no sin antes insistir repetidas veces en la misma petición: "Piénselo bien, por favor. Mientras no me dé el sí, seguiré viniendo todas las noches a rogarle". De ahí en adelante, el mono no ha faltado ni una noche, aparece en mi lecho con total puntualidad entre las dos y las tres de la madrugada. Varias veces he intentado pasar la noche en vela, pero siempre, a esas horas, me da un ataque de sueño que no puedo controlar. Vagamente me doy cuenta cuando entra el mono al cuarto, pero igual, al sentir su peso en mi pecho, soy incapaz de moverme por temor a asfixiarme. Usted subió a verme una vez, alertado por mi gemido, ¿verdad? No se haga el tonto, que ya lo sé. No tiene ninguna necesidad de negarlo. ¿Ve? Estaba segurísima. En esa ocasión sentí claramente su presencia y grité a todo pulmón: "¡Auxilio, por favor, ayúdeme!", pero ningún sonido alcanzó a salir de mis labios. Bueno, por suerte usted logró hacer salir al mono por la ventana corredera. Y, al ver que ya no estaba, recuperé enseguida la conciencia, pero me quedé acostada sin poder librarme de esa sensación tan grotesca.

»Al escuchar la historia de Osome no sabía qué decirle para tranquilizarla. "Pero no he vuelto a escuchar tus gemidos. ¿Eso no quiere decir que el mono ha dejado de acosarte?". Ante mi pregunta, Osome, con un suspiro, continuó su narración:

Desde luego que no, hasta la fecha el mono no ha faltado ni una sola noche. Solo que ya estoy convencida de que no puedo hacer nada para pedir auxilio y hasta he perdido el ánimo para gritar. Completamente resignada, noche tras noche me acuesto esperando que llegue el mono a sujetarme por el pecho, para luego escuchar en silencio sus palabras. Después de decir todo lo que se le antoja, el mono se va tranquilo sin armar ningún escándalo. Incluso cuando acompañé al señor Naito al balneario de Hakone, no entiendo cómo el mono apareció ahí a las dos de la madrugada. Creo que me dijo algo así como: "A lo mejor usted está enamorada de este señor y espera que la haga su concubina. Tenga cuidado, pues seguro que me vengaré de él quitándole la vida. Hágame caso si es que de verdad le guarda alguna simpatía...", y me lo repitió con insistencia. Por suerte, el señor Naito dormía como un bebé y no se dio cuenta de nada, y así he podido guardar el secreto hasta el día de hoy, pero, después de lo que acaba de suceder, todo el mundo se va a enterar. Tendría que renunciar también a la tutela que me está ofreciendo el señor Naito. ¿Qué puedo hacer, dígame usted? Qué destino tan terrible este que me ha tocado vivir. Piense algo para salvar a esta pobre criatura.

»Aquella historia tan horrible me dejó totalmente perplejo. Tras haber cavilado un rato, se me ocurrió hacerle una propuesta: "No tendremos más remedio que acudir a la policía para que atrapen al mono y lo maten de una vez. Deja ya de deprimirte, tranquila, que todo se resolverá. Y no tienes por qué renunciar a la propuesta del señor Naito, prácticamente él ya está de acuerdo con nosotros". A pesar de que insistí para convencerla, no quiso aceptar la idea por temor a que un mono tan rencoroso como aquel nos pudiera echar una maldición eterna a su muerte. Osome estaba muy enamorada del señor Naito, y él también de ella, y quería formalizar la relación cuanto antes, pero a la vez se preocupaba por que no se difundiera un asunto tan vergonzoso que la podría convertir en objeto de burla, y que además le traería consecuencias fatales al señor Naito. Desde el día del paseo por el río dejó de atender a sus clientes y se pasaba todo el tiempo acostada en su lecho del segundo piso. Y, de noche, seguía siendo acosada por aquel mono porfiado. Preocupado, al no encontrar remedio a semejante situación, fui a consultar a un adivino, cuyo local, la Casa Tengen, ubicada detrás del templo Monzaburo, gozaba de muy buena reputación en esa época. Yo esperaba que la consulta nos sirviera de algo. No me acuerdo muy bien del argumento complicado que me planteó el adivino, pero la conclusión a la que llegó fue que Osome estaba definitivamente condenada a la obsesión de aquella bestia y que, lamentándolo mucho, no había nada que pudiéramos hacer para salvarla. Era un adivino auténtico, pues con solo saber la fecha de nacimiento de Osome me preguntó enseguida si no se trataba de una niña tímida y triste criada por una madrastra. Según el adivino, no es raro que alguna bestia se enamore de un ser humano, pero en general hay maneras de rechazarla sin llegar a convertirse en objeto de su rencor, sobre todo si se le muestra un carácter fuerte y decidido. Dijo, además, que el problema comienza cuando se trata de una persona débil de carácter, que va cediendo terreno gradualmente hasta entregar su propia vida, pues se siente incapaz de contrarrestar el poder de la bestia. Que en esos casos es inútil matar al animal, ya que todo empeoraría a causa de su rencor. Que, si se hubiera dado cuenta antes, tal vez habría podido tomar alguna medida, pero que ahora ya no se podía hacer nada para salvar a la chica. Le pregunté cuál sería entonces el destino de Osome. "Quién sabe", respondió y después de reflexionar un largo rato continuó: "Cualquier hombre se suicidaría, pero, como se trata de una mujer miedosa y tímida, no me parece probable que tenga la determinación de hacerlo. Al darse cuenta de que no es capaz de matarse, lo más probable es que termine aceptando la propuesta del mono. Estoy casi seguro de que lo hará". Aun así, no lo quise creer, pero..., qué horror, Osome comprobó la validez de lo que había afirmado el adivino...

Aquí el anciano hizo una pausa antes de concluir esta larga historia, casi tan larga como su barba. Umechiyo, Teruji y Hinaryu estaban petrificadas como fósiles, pálidas y ansiosas por escuchar el final.

—¿Y qué fue de Osome, viejo? —alcanzó a decir Umechiyo, con una vocecita temblorosa que delataba su temor.

—Cómo que qué fue de ella, ya te lo he dicho. El mono se la llevó a la montaña de una lejana provincia del norte. Más o menos medio mes después de aquel accidentado paseo por el río para ver los cerezos en flor, Osome desapareció de repente. Me extrañé al dejar de verla durante un tiempo, y fue entonces cuando se me ocurrió revisar su habitación, y en un cajón del tocador encontré una nota para el señor Naito y otra para mí, en la cual, entre los muchos lamentos por su desgracia, nos decía que había decidido irse a vivir con el mono a la montaña. Que nos compadeciéramos del ineludible destino de una pobre muchacha poseída con intensidad febril por una bestia. Que no perdía las esperanzas de volver a vernos algún día mientras aún permaneciera con vida en este mundo cambiante, pero que de una vez, y este era un favor que nos suplicaba de corazón, la consideráramos definitivamente muerta y procediéramos a celebrar una sencilla ceremonia fúnebre en su honor. Con la ayuda del señor Naito localicé al grupo del teatro de monos y así pudimos hablar con el director, que vivía en un hotel residencial del barrio Taihei de Honjo, y nos enteramos de que el mono de marras había desaparecido hacía más de un mes sin dejar rastro. Según el director, el mono había sido capturado en Shiobara, al norte de Tokio, y era muy probable que se hubiera ido a la montaña por aquellos rumbos. El señor Naito hizo un viaje a esa provincia y durante casi diez días recorrió a pie toda la cordillera, de Nikko a Ashio, y de Takahara a Shiobara. A pesar de que durante su largo recorrido encontró montones de monos, nunca logró localizar el paradero de Osome y su compañero. Sin embargo, al remontar un empinado sendero a lo largo del río Kinu, el señor Naito encontró en una roca que sobresalía en medio de la corriente una horquilla de coral y un cepillo de carey que de seguro habían pertenecido a Osome (me los mostró a su regreso a Tokio), lo que significaba al menos que la fugitiva había pasado por ahí... Bueno, cinco o seis años después, el señor Machida, del barrio de Kakigara, fue al balneario de Shiobara, y, cuando salió a dar una vuelta por la cascada que queda justo detrás de la zona de aguas termales, divisó a lo lejos, en la montaña, una figura humana que jugueteaba con un mono. Dice que andaba cubierta de andrajos, tapada apenas con hojas secas, con el cabello largo y sucio recogido en un bulto informe, y que un par de prominencias que le colgaban del pecho indicaban que se trataba de una mujer. El señor Naito repitió varias veces que con toda seguridad era la misma Osome. Ya ven, muchachas, Osome se convirtió en mono.

Una colección de cuadernos artesanales
con hilo visto en cosido Singer.